GUÍA DE LECTURA

Escrita por Natacha Cerf
Traducida por María Olivera Álvarez

Cincuenta sombras de Grey

de E. L. James

E. L. JAMES

ESCRITORA BRITÁNICA

- **Nacida en 1963 en Londres (Inglaterra)**
- **Algunas de sus obras:**
  - *Cincuenta sombras de Grey* (2011), novela
  - *Cincuenta sombras más oscuras* (2011), novela
  - *Cincuenta sombras liberadas* (2012), novela

Erika Leonard, nacida en Londres en 1963, es una escritora británica, más conocida bajo el pseudónimo de E. L. James. Saltó a la fama con la trilogía formada por *Cincuenta sombras de Grey*, *Cincuenta sombras más oscuras* y *Cincuenta sombras liberadas*.

Inicialmente, la escritora autoeditó en Internet una *fanfiction* (relato escrito por fans para alargar o transformar una novela, una película o cualquier otro producto mediático de su gusto) inspirada en la saga *Crepúsculo* (2005-2010) de Stephenie Meyer. Después, esa obra dio lugar a la novela *Cincuenta sombras de Grey*.

La prensa califica la trilogía como *mummy porn* o literatura pornográfica para las amas de casa de menos de 50 años. Tiene tanto éxito que en 2012 la revista *Time* incluyó a Erika Leonard en su lista anual de las 100 personas más influyentes del mundo.

CINCUENTA SOMBRAS DE GREY

UN CUENTO DE HADAS MODERNO

- **Género**: novela erótica
- **Ediciones de referencia**:
  - James, E. L. 2012. *Cincuenta sombras de Grey*. Traducido por Pilar de la Peña Minguell y Helena Trías Bello. Barcelona: Grijalbo
  - James, E. L. 2012. *Cincuenta sombras más oscuras*. Traducido por Montse Roca. Barcelona: Grijalbo
  - James, E. L. 2013. *Cincuenta sombras liberadas*. Traducido por Mª del Puerto Barruetabeña. Barcelona: Grijalbo
- **Primeras ediciones**: 2011-2012
- **Temáticas**: amor, sexualidad, sumisión, deseo, celos, venganza

Anastasia Rose Steele, estudiante de humanidades, conoce a Christian Grey, un hombre de negocios riquísimo y especialmente atractivo. El flechazo es inmediato, pero las secuelas psicológicas de Grey por su difícil pasado obligan a la joven a plantearse dolorosas cuestiones. La pareja atraviesa numerosas pruebas relacionadas tanto con relaciones inconvenientes en el pasado de Christian como con la búsqueda de un acuerdo entre las necesidades y los deseos de cada uno.

Con más de 70 millones de ejemplares vendidos en todo el mundo, *Cincuenta sombras de Grey* fue elegida como obra de ficción popular del año en los National Book Awards de

2012. También salió a la luz una adaptación cinematográfica de la obra en 2014.

RESUMEN

CINCUENTA SOMBRAS DE GREY

Anastasia Rose Steele, una joven estudiante de humanidades, entrevista a Christian Grey, un magnate de la industria Grey Enterprises Holdings para el periódico universitario con motivo del discurso que él debe pronunciar en la entrega de diplomas. Durante su conversación, Christian habla del hambre en el mundo y de sus proyectos para frenar la pobreza. Al principio Ana lo toma por un manipulador frío y pretencioso, pero luego se da cuenta de su filantropía y comprende que él también pasó hambre antes de que lo adoptaran los Grey, lo cual explica por qué su proyecto tiene tanta importancia para él. Ella está desconcertada ante este hombre que le parece a la vez arrogante y especialmente atractivo.

Christian también se siente seducido por Ana y llega incluso a indagar sobre ella para volver a verla. Por eso va a la tienda de bricolaje Clayton's, donde sabe que Ana trabaja después de clase. Se entera de lo decepcionada que está Kate –redactora jefa del periódico estudiantil y mejor amiga de Ana– porque no tiene fotos originales de él para ilustrar el artículo. Para poder ver a Ana de nuevo, Grey acepta una sesión de fotos y luego invita a la joven a tomar algo. Unas horas después de su encuentro, ella recibe la edición original de *Tess, la de los d'Uberville* de Thomas Hardy (escritor británico, 1840-1928), que vale una fortuna.

Para celebrar que ha terminado con éxito el último año de

universidad, Ana sale y bebe algunas copas. Ebria, llama a Christian para preguntarle por qué le ha hecho ese extravagante regalo. Enfadado y preocupado por su embriaguez, Christian le dice con autoridad que va a buscarla y la lleva a su casa. Al día siguiente, cuando le acompaña a su casa, la besa. Esa misma noche, la lleva en helicóptero a su apartamento en Seatlle, donde le obliga a firmar dos contratos: uno que establece un acuerdo de confidencialidad sobre los asuntos comerciales y privados de Grey, y otro que define las reglas de su relación. Estas se refieren a la higiene personal, la seguridad personal, la indumentaria, la exigencia de fidelidad, etc. Además, él le enseña su sala de juegos con un arsenal de instrumentos y accesorios sadomasoquistas: la sumisión de las mujeres le causa placer. Si ella quiere estar con él, debe aceptar los términos del acuerdo, es decir obedecer a todas sus órdenes permanentemente. El contrato de su unión establece que: «La Sumisa acepta al Amo como su dueño y entiende que ahora es de su propiedad y que está a su disposición cuando al Amo le plazca durante la vigencia del contrato [...]» (James 2012, cap. 11). Durante sus encuentros sexuales Ana se percata de que él no soporta que ella toque ciertas partes de su torso en las que tiene cicatrices.

A la mañana siguiente, Christian le presenta a su madre a Ana porque ha venido a visitarlo, algo que nunca había hecho antes. Y es que él le concede ciertas exclusividades a Ana: ella es la primera de sus sumisas que lleva en su helicóptero y con la que duerme en su cama.

Pero Ana decide irse unos días a casa de su madre en Savannah para tomar cierta distancia y pensar en esa nueva relación. La atormentan demasiadas preguntas: ¿la quiere simplemente como un juguete? ¿Por qué no puede tocarlo? ¿Por qué quiere hacerle daño? ¿Qué significan esos cambios de humor intempestivos? Ella aspira a más ternura y más flexibilidad.

Sus reflexiones en Savannah se ven interrumpidas por la visita sorpresa de Christian. Ella aprovecha esta ocasión para intentar averiguar más sobre él, pero él tan solo le revela algunos fragmentos de su pasado: se inició en el sexo hacia los 15 años con una amiga de su madre, Elena Lincoln, quien lo consideraba de su propiedad. Después de esto tuvo numerosas relaciones «amo-sumisa» y por tanto nunca ha practicado el sexo de forma tradicional. Sin embargo, sin Elena, seguramente habría terminado como su madre (prostituta, drogadicta y suicida) porque tendía a la auto-destrucción. Al odiarse a sí mismo, cree que la única forma de amar reside en el castigo y en la brutalidad.

Hasta ahora, a Ana le gustaban los juegos sexuales de Christian. Pero cuando ella acepta que él haga lo que realmente desea, a cambio de que ella pueda tocarlo, Christian la golpea tan fuerte que se ve incapaz de soportar una sexualidad así. La experiencia le permite darse cuenta del punto de su perversión y de su incapacidad de amar o ser amado. Por eso ella decide dejarlo. Ambos están muy dolidos, y hasta tal punto que finalmente ella defiende que el dolor físico es más soportable que el sufrimiento moral.

CINCUENTA SOMBRAS MÁS OSCURAS

Tras una ruptura muy dolorosa, Christian y Ana deciden

volver juntos. Él le asegura que ella es importante para él porque le hace ver las cosas de otro modo y le da esperanzas de que lo arreglarán. Por tanto, Christian verdaderamente quiere vivir con ella una historia de amor clásico. Conmovida, Ana también le declara su amor. La profundidad de su nueva relación lleva al joven a sentirse más seguro: Christian le revela que el proxeneta de su madre los maltrataba a los dos y que él se quedó cuatro días sin comer al lado del cadáver de su madre, quien se había suicidado. A esta le reprocha que nunca lo quiso porque nunca hizo nada para impedir los golpes que le propinaba el proxeneta, y cree que él tampoco la quiso a ella.

Poco después, Christian compra SIP, la editorial en la que Ana trabaja como becaria. Gracias a su nuevo cargo, ahora puede interferir en la vida profesional de su amada como él crea conveniente. Y eso es precisamente lo que ocurre cuando Jack Hyde, el jefe de Ana, le propone a la joven que lo acompañe al salón de la ficción en Nueva York. Christian está al corriente de la reputación de Jack sobre su actitud hacia sus asistentes, por lo que rechaza su propuesta cate-góricamente e interviene para que asista a la feria él solo. Ana se enfurece por cómo su novio interfiere en su carrera. Pero Christian tiene razón: Jack se muestra demasiado cercano con ella.

Enfurecida, Ana le echa en cara a su amante que no tiene ningún respeto por su vida privada: sabe su número de cuenta, ha comprado la empresa en la que trabaja para controlarla, tiene una carpeta sobre ella con toda su infor-mación personal, etc.

Jack Hyde está al tanto de las artimañas de Grey. De hecho, se da cuenta muy pronto de que ha sido él quien ha anulado el viaje de Ana a Nueva York y sospecha que tenga otras influencias sobre ella. Por eso, se muestra cada vez más agresivo en sus insinuaciones a Ana. Pero va demasiado lejos y la obliga a defenderse: le da una patada y huye. Christian ordena inmediatamente que despidan a Jack y le concede a Ana su puesto.

Más adelanta, Leila, una antigua sumisa de Christian, acude a la sociedad de Ana para ver qué tiene ella de más. Leila esperaba tener una relación amorosa con Christian, pero él la rechaza, lo cual la deja devastada. Para vengarse, cubre el coche de Ana con pintura y le pincha las ruedas. Cuando Christian se entera, tiene tanto miedo de que Leila se obsesione con Ana que no deja que esta vaya a trabajar sin que la escolte un miembro de su personal de seguridad.

Cuando Ana vuelve al apartamento, se encuentra a Leila con un revólver en la mano. Pero rápidamente desaparece el peligro: Christian llega algunos instantes después y asume un papel de composición que consiste en sacar el amo que él fue para ella. Leila pronto se entrega y Christian la lleva a un hospital psiquiátrico.

Ana, que ha sido testigo del vínculo de amo y sumisa que los une, no se siente capaz de entregarle a su amante lo que él necesita y teme no ser suficiente para él. Pero la forma en la que ella expone sus miedos a Christian hace que este piense que ella quiere dejarlo porque ya no cree en ellos como pareja. Al borde de la desesperación, se arrodilla ante ella y adopta una actitud de sumiso, la que probablemente tenía con Elena. Ana está descolocada al verlo en la posición del niño del que abusaban y al que desatendían, que se odia a sí mismo y se cree indigno de amor. Para intentar tranquilizarlo, Ana le explica que tiene miedo de que se canse de ella y de su relación. No comprende por qué la quiere y teme, ella también, perderlo. Christian le asegura que solo quiere protegerla del peligro y que no tiene ninguna intención de retomar su relación con Leila. Con Ana todo le parece diferente y lo único que quiere es casarse con ella. Esta intensa conversación lleva a Christian a pedirle a Ana que toque las zonas prohibidas de su torso. Quiere poder soportar este contacto en el futuro.

Para tranquilizar a la joven, Christian acepta que ambos acudan juntos a la consulta de su psiquiatra, el Doctor Flynn. Este certifica que Christian ha evolucionado más que nunca desde que conoció a la joven. Sus padres adoptivos, los Grey, muy agradecidos a Ana, le han informado sobre dicho cambio: Christian es feliz y está despreocupado como nunca antes. El amor que siente por ella es incontestable.

Un día, Christian se va en helicóptero y el aparato desaparece más tarde. Esto sume a toda su familia y a Ana en una inquietud y tristeza total. Por suerte, reaparece por la noche: la cola del helicóptero se había incendiado. Jack ha trucado el aparato para terminar con Grey y, a pesar del fracaso de la operación, no se quedará ahí. Christian, sorprendido de cómo le reciben todos, llorando y aliviados, no puede negar que todos lo quieren.

Durante su fiesta de cumpleaños, Christian anuncia delante de todos que va a casarse con Ana. Elena, loca de envidia, ataca a Ana cuando están a solas, pero esta logra defenderse y le tira el vaso a la cara. Christian, agitado, le reprocha que nunca le dijo que lo quería y que no le abrazó ni una sola vez. La madre de Christian echa a Elena del lugar y, al salir, le da una bofetada.

Christian se arrodilla en el granero, lleno de flores y decorado lo más románticamente posible, y saca un anillo asombroso para la pedida oficial. También informa a Ana de que ha comprado la casa que habían visitado, una vivienda de varios cientos de metros cuadrados con dos hectáreas de terreno y una vista magnífica.

CINCUENTA SOMBRAS LIBERADAS

Al volver de su luna de miel, Christian quiere hacerle a Ana un regalo de boda: su puesto al mando de SIP. Pero la joven no puede imaginarse dirigiendo una editorial debido a su falta de experiencia.

A pesar de su unión, siguen teniendo numerosas discusiones debido al carácter posesivo de Christian, a su obsesión por querer controlarlo todo, incluida ella, y a la forma en la que él la considera como una de sus posesiones. Efectivamente, Christian querría que el universo de su esposa se limitara a las fronteras del suyo. Pero ella pretende mantener su independencia. Christian intenta protegerla como puede del peligro que los acecha. De hecho, se declara un grave incendio en la sala de los servidores de Grey Enterprises Holdings y las cámaras de vigilancia detectaron a Jack Hyde en el lugar.

Más adelante, Ana organiza una noche de fiesta con su mejor amiga, Kate. Pero, en vista de lo alarmante de la situación, Christian le hace prometer que se quedarán en el apartamento. La joven accede, pero las súplicas de Kate la presionan y acepta ir a un bar a tomar unos cócteles. Cuando vuelve a casa, Ana ve la mesa del vestíbulo volcada, un jarrón roto y a Jack Hyde tumbado a los pies del guardaespaldas: pretendía secuestrar a la joven. Christian está totalmente furioso porque ella le ha desobedecido. Pero Ana le planta cara: es una persona libre y no una sumisa. Dicho esto, ella sabe que si él está tan obsesionado con protegerla, es porque no pudo hacer lo mismo con su madre. Jack Hyde es detenido y enviado a prisión preventiva por tentativa de secuestro y el grave incendio, pero queda en libertad muy pronto.

La adversidad persigue a Ana: su padrastro, Ray, tiene un grave accidente de coche. Por suerte, después de una larga estancia en el hospital, sale ileso. Por otra parte, los últimos acontecimientos han hecho que la joven olvidara ir a que le administrasen las inyecciones contraceptivas, por lo que se queda embarazada. Christian está furioso ya que no se siente preparado para ser padre. Hijo de una madre que no supo protegerlo ni mostrarle afecto, tiene miedo de ser un mal padre, él también.

Después, Christian le cuenta a Ana, por fin, su historia con Elena Robinson. Le explica que él habría hecho lo que fuera por ella y que, por su parte, ella también lo ayudó mucho. De hecho, fue gracias a ella que él pudo dejar de beber. Además, ella le obligó a portarse bien en la escuela: dejó de pelearse de forma continua y aprobó. Christian dejó que lo controlara y que tomara todas las decisiones en su lugar, porque él era incapaz de hacerlo en aquel entonces. La imagen totalmente negativa que tiene de sí mismo le hace creer que se merecía que lo golpeasen. Pero ahora que va a ser padre, es consciente de que lo que le hicieron no estaba bien.

Un día, Ana recibe una llamada de Mia, la hermana de Christian, pero es Jack el que está al otro lado. La ha secuestrado y amenaza con hacerle daño si Ana no le consigue 5 millones de dólares. Esta va al banco y carga el dinero en el coche que le ha indicado Hyde. En ese momento, Jack la golpea una y otra vez pero ella saca un revólver y le dispara en la pierna. Por suerte, Christian encuentra a su mujer al rastrear su móvil y llega rápidamente al lugar.

Jack es detenido de nuevo, pero logra salir de la prisión preventiva gracias al exmarido de Elena. Varios años antes, este golpeó a su mujer cuando descubrió su relación con Christian. Para vengarse, Christian planea arruinarlo desmantelando su empresa y vendiendo sus acciones al mejor postor.

Poco a poco se descubre la historia de Jack: su padre murió tras una pelea en un bar, su madre era alcohólica, y él fue de orfanato en orfanato y de problema judicial en problema judicial; hasta que pudo salir de ahí, aprobó los estudios de forma brillante y se labró una carrera extraordinaria. También tiene una vida sexual bastante depravada. Por eso Christian cree que se le parece, pero Ana lo tranquiliza diciéndole que su único punto en común es que ambos tuvieron una infancia difícil y que nacieron en Detroit. Pero además, Jack y Christian vivieron con la misma familia de acogida, lo que explica por qué Christian encontró informaciones sobre su familia en el ordenador de Hyde. Se da cuenta de que Jack siente odio hacia él porque los Grey decidieron adoptarlo a él, cuando podrían haber elegido a Jack.

Unos meses más tarde, Christian y Ana son los padres más felices de Theodore. Un segundo feliz acontecimiento se vislumbra al horizonte: Ana está embarazada de una niña, Phoebe. Christian se siente mejor en su piel y termina siendo muy buen padre. Por su parte, Ana ha vuelto a SIP y ha aumentado su rentabilidad al diversificarse con los libros electrónicos. Los dos se profesan un amor infinito e incondicional, y por fin han logrado instaurar en su pareja un equilibrio sano entre las vidas de cada uno.

ESTUDIO DE LOS PERSONAJES

CHRISTIAN GREY

Hombre joven, de ojos grises y un físico muy afortunado, Christian es un hombre de negocios poderoso que dirige su propia empresa, Grey Enterprises Holdings. Esta le ha hecho inmensamente rico y trata, entre otras cosas, de solucionar problemas de la sociedad. Apasionado por las nuevas tecnologías, Grey intenta aumentar la productividad del tercer mundo mediante su utilización. Así, aunque no lo reconozca, es un hombre bueno, generoso y filántropo.

El joven se declara racional: las decisiones que toma están basadas en la lógica y los hechos. Su éxito se debe a su intuición, que le permite rodearse de buenos colaboradores que dirige de forma eficaz, y a su instinto para desarrollar ideas sólidas con un gran potencial. Se presenta a sí mismo como un emprendedor decidido, individualista y materialista. La riqueza le conviene porque es un consumidor compulsivo. Sin embargo, su rasgo de carácter más marcado es su necesidad de controlarlo todo: es un verdadero maníaco del control. Así, en la superficie, Grey parece pretencioso, arrogante, frío y tiránico.

También es un hombre misterioso con cambios continuos de humor. Es imperceptible e imprevisible, lo que le da un lado desconcertante y exasperante a la vez. Efectivamente, puede ser caluroso y un minuto más tarde, glacial; divertido y tierno, y después autoritario, dominador y cerrado. Por tanto, es a la vez un romántico y un seductor manipulador.

Su madre era una prostituta que un proxeneta drogaba y golpeaba, y él también sufrió esta violencia. Ella terminó suicidándose sin que nadie se diera cuenta de que había desaparecido: por eso su hijo estuvo cuatro días junto a su cadáver. Grace Trevelyan Grey era la médica de guardia cuando llevaron a Christian al hospital después de todo este drama, y lo acogió. Su marido y ella lo adoptaron, pero antes él tuvo que pasar por varias familias de acogida mientras esperaban a que terminaran todas las formalidades administrativas. Cuando los Grey se mudaron a Seattle, adoptaron a su tercera hija, Mia. Gracias a ella, Christian volvió a hablar. Por lo tanto, Christian vivió una infancia difícil, debido a la cual tiene numerosas secuelas psicológicas.

Durante su adolescencia comenzó a mostrarse violento y empezó a beber a escondidas. Hacia los 15 años comenzó una relación con Elena Lincoln, una amiga de su madre. Esta lo dominaba y lo trataba como un juguete sexual, algo que él consentía, puesto que no creía merecer un trato diferente. Por lo tanto fue ella quien lo inició al sadomasoquismo. Esta práctica sexual le enseñó a controlar sus emociones y a canalizar su cólera. De esta difícil época conserva una gran fragilidad y una tendencia a la autodestrucción. Se odia a sí mismo y no cree merecer el amor que sienten por él sus próximos. Desde entonces, Christian Grey se considera un sádico sexual en búsqueda de mujeres morenas que se parezcan a su madre, con el objetivo de convertirlas en sumisas que satisfagan todos sus deseos y todas sus necesidades, obedeciendo a sus más mínimos antojos.

Sin embargo, al conocer a Ana su salud mental ha mejorado.

Ya es capaz de recibir y dar amor.

ANASTASIA ROSE STEELE

Ana es una joven estudiante de literatura inglesa, misteriosa y secreta. Rara vez hace confidencias y apenas tiene confianza en sí misma. Su padre falleció al día siguiente de que ella naciera en un accidente mientras se estaba entrenando para ser marine. Es el segundo marido de su madre, Ray Steele, a quien ella considera como su verdadero padre, el que la crió. Es un poco masculina y no comparte los mismos pasatiempos que las jóvenes de su edad; esto quizás se deba a la fuerte unión con su padrastro, con quien ha practicado *hobbies* masculinos, como la autodefensa, el tiro y el bricolaje.

Antes de conocer a Christian Grey, Ana nunca se había sentido atraída por un hombre, algo que ella atribuye a sus lecturas románticas, que fijaron sus ideales sentimentales muy alto. Además, cree que tiene demasiados defectos y duda mucho sobre sí misma, lo que la excluye de los juegos de seducción.

Es una joven simple e inocente. Relativamente tímida, cede cuando Christian espera de ella que sea una mujer sumisa, aunque ella se crea independiente y libre. De hecho, está tan comprometida que se hace dócil. Con autocontrol, Ana puede mostrarse fuerte: pasa difíciles pruebas sin sufrir demasiado. Con Christian se muestra paciente, presente, tolerante y abierta de mente. Benévola, desea su felicidad y actúa en ese sentido, incluso si eso requiere sacrificios. Amable y dulce, su familia y amigos le tienen mucho aprecio.

KATE KAVANAGH

Kate ha crecido en una familia acomodada. Su padre es el fundador de Media Kavanagh. Es redactora jefa del periódico estudiantil y aspira a ser periodista. Al finalizar sus estudios de una forma brillante, obtiene unas prácticas en el Seattle Times.

Compañeras de piso durante cuatro años, Kate y Ana se han convertido en mejores amigas. Sin embargo, Kate parece el extremo opuesto de Ana ya que, a diferencia de esta, a la joven periodista le gusta salir y es muy sociable. Mientras que Ana teme ir de compras, a Kate le encanta: sabe que es femenina y seductora, así que le gusta hacerse notar. Ana tiene poca confianza en sí misma, pero Kate es una joven viva, extrovertida y segura de sí misma. Su belleza la ha llevado a seducir a muchos hombres y a perder su virginidad muy joven, pero Ana todavía era virgen antes de su relación con Christian. Por lo tanto, tiene mucha experiencia, aunque solo se enamora de verdad cuando conoce a Elliot, el hermano de Christian, con quien se casa y tiene una hija, Ava.

Kate tiene muchas cualidades: es divertida e inteligente, tiene un carácter fuerte, tenaz y voluntario que la lleva a conseguir todo lo que se propone. Sin embargo, como defectos, es curiosa y fisgona. No vacila a la hora de hacer preguntas personales e íntimas y tiene poco respeto hacia el carácter privado de la vida de las personas que la rodean. Pese a todo, es altruista y se muestra protectora con Ana, a la que siempre está dispuesta a ayudar y apoyar. Intuitiva, comprende que la relación entre su amiga y Christian es difícil y siente que él le ha hecho daño. Sincera, no duda en decirle lo que piensa y en oponerse a Christian, a diferencia de las demás mujeres que siempre agachan la cabeza ante él. Pero finalmente se alegra por la felicidad de Ana cuando su relación empieza a ser más convencional.

ELENA LINCOLN

Amiga de Christian Grey desde hace mucho tiempo, Elena Lincoln también es una de sus colaboradoras. De carácter fuerte, es una mujer de negocios competente que sabe lo que quiere. Ella fue quien le dio los primeros fondos para crear su empresa y también es quien dirige algunos salones de belleza de los Christian es el propietario. Siempre va vestida de negro, es una mujer sexy y elegante que no deja indiferente a ningún hombre. Ana la llama «la señora Robinson» refiriéndose a la película *El graduado* (1967).

Su relación con Christian comenzó cuando él tenía 15 años y duró seis años. Christian mantiene que esta historia fue beneficiosa y terapéutica, en el sentido en que su sumisión a Elena le permitió canalizar su energía y centrarse en sus estudios. Pero Ana no lo acepta, porque ella califica a Elena como «pedófila» y solo ve en ella a una señora mayor que abusó del desamparo de un adolescente infeliz en su piel.

Elena es una mujer inteligente, manipuladora y maquiavélica. Especialmente celosa de la relación de Christian con Ana, interviene frecuentemente para poner fin a la pareja.

Ella dice que el amor solo afecta a los imbéciles. Por consiguiente, ella solo mantiene relaciones sadomasoquistas.

Hay en ella frialdad, intransigencia e insensibilidad. Desde que Christian se da cuenta del daño psicológico que ella le provocó, quiere terminar con su relación de amistad y de negocios, a lo que ella accede. Constituye para él un obstáculo para la calidad de su futura paternidad. Elena es un personaje a la vez nocivo y bondadoso hacia Christian, porque ella está claramente enamorada de él, aunque disimule diciendo que ese sentimiento es una idiotez.

GRACE TREVELYAN GREY

Madre adoptiva de Christian, de Elliot y de Mia, Grace está casada con Carrick Grey, un abogado y hombre de negocios brillante con quien vive en Washington. Ella es médica. Es una mujer dulce, afectuosa y siempre está ahí para los suyos. Acoge a Ana en la familia con mucha cordialidad y le está infinitamente agradecida por hacer a su hijo feliz, ella que lo intentó todo para hacerle sonreír después de todas las pruebas trágicas por las que había pasado. Christian la quiere enormemente y la considera su salvadora.

ELLIOT GREY

Nació en Detroit y después fue adoptado por Grace y Carrick. Elliot es el hermano mayor de Christian. Al principio no se llevan bien y no se fían el uno del otro, pero su relación mejora con el paso del tiempo.

Elliot es un joven con un físico muy favorecedor, algo de lo que se ha aprovechado mucho antes de conocer a Kate, puesto que ha tenido muchas relaciones efímeras. Antes de casarse era un coleccionista de mujeres, un hombre algo tranquilo y superficial. Se presenta como un personaje muy simpático que no se complica, le gusta reírse, salir de fiesta y tomarle el pelo a su familia y amigos. También es tierno y afectuoso: una vez que conoce a Kate, mientras acompaña a Christian cuando va a buscar a Ana, borracha en su fiesta de fin de curso, no la abandonará y se entregará por completo a ella y le será fiel.

MIA GREY

Mia fue el último hijo que adoptaron los Grey. Es una joven extrovertida, risueña y realizada. Es chispeante y enérgica. Mia habla francés con fluidez porque fue a estudiar cocina a París. Toca el violonchelo y le gusta mucho salir. Gracias a ella y a su entusiasmo Christian volvió a hablar y a cogerle gusto a la vida.

JASON TAYLOR

Antiguo militar, Taylor es el guardaespaldas de Christian. Dirige su equipo de seguridad y es la persona en la que más confía Christian. Es un hombre muy profesional con el que siempre se puede contar. Discreto y taciturno, Taylor es también muy humano y amable. Recibió una educación excelente. Ana dice que tiene aires de hombre del Renacimiento debido a su amor por la música clásica y a que lee a Burgess Anthony (escritor británico, 1917-1993).

CLAVES DE LECTURA

EL SÍMBOLO DE LA SANTA VIRGEN

Al principio de la novela, el personaje de Anastasia Steele encarna el icono de la Virgen María. De hecho, tiene varias características generalmente asociadas a la imagen de la virgen inocente:

- es tímida y discreta;
- los hombres no le interesan y no siente ninguna necesidad de tener un compañero;
- no bebe y prácticamente no va nunca a las discotecas ni a las fiestas decadentes;
- oculta su feminidad;
- es virgen y lo ignora todo sobre la sexualidad.

En resumen, Anastasia se muestra indiferente frente a todo lo relacionado con los deseos y el erotismo. Tal es su castidad que ni siquiera reconoce el deseo cuando este la invade durante sus encuentros con Christian Grey. Dice que no comprende lo que le ocurre.

Después de la primera noche que pasa con Christian, Ana, iniciada en la sensualidad, descubre el onanismo en la ducha:

«El agua caliente me relaja. Mmm… Podría quedarme debajo del chorro, en este cuarto de baño, para siempre. Cojo el gel, que huele a Christian. Es un olor exquisito. Me froto todo el cuerpo imaginándome que es él quien lo hace, que él me frota este gel que huele de maravilla por el cuerpo, por los pechos, por la barriga y entre los muslos con sus manos de largos dedos. Madre mía. Se me dispara el corazón. Es una sensación muy… muy placentera.» (James 2012, cap. 5)

Aunque siente su primera forma de deseo y de sensación erótica, su pureza se ve tan solo ligeramente afectada en la medida en que el lector, al ver los puntos suspensivos, puede sentir cierta duda en la mente de Ana para reconocer y sentir de verdad el placer. Por lo tanto se sigue representando a Ana como una mujer muy joven y cándida, lo cual se traduce con varios detalles:

- a menudo se hace coletas;
- Grey no deja de llamarla «cariño» y a veces la denomina «niña traviesa»;
- no conoce el mundo profesional adulto, ya que trabaja no solo como becaria, sino también en una tiendo de bricolaje que pertenece a su tío.

Cuando Anastasia entra en contacto con Grey, esta se transforma radicalmente y pierde su ignorancia en beneficio de un deseo que se ha hecho insaciable, distanciándose de esta forma del símbolo de la Santa Virgen. Sin embargo, sigue siendo un personaje difuminado, brevemente descrito, que habla poco sobre ella. El lector tan solo conoce su físico por lo que Christian Grey dice durante sus juegos sexuales, o sea, pocas cosas aparte de los clichés que inspira el erotismo (bonitos pechos, bonitas piernas, bonito culo).

En cuanto a su trabajo, sus estudios y sus pasiones, solo se mencionan superficialmente. Así, la autora da pocos detalles sobre la psicología de Ana, que se convierte en un personaje transparente e ingenuo, con una personalidad vacía.

LA TEMÁTICA DE LA SUMISIÓN

El carácter difuminado de Ana la lleva a lo inevitable: su sumisión total a Christian Grey. De hecho, ella toma consciencia de que se convierte en un objeto sexual, «como un recipiente, como un vaso vacío que se llena a su antojo» (James 2012, cap. 12). Sin embargo, antes de depender sexualmente de Grey, Ana ya presentaba tendencias a la sumisión. Y es que su compañera de piso y mejor amiga Kate Kavanagh es una maníaca del control, con una personalidad mucho más fuerte y extrovertida que la suya. Así, Kate influye a menudo a Ana, quien, por ejemplo, acepta con desgana entrevistar a Grey en su lugar. Probablemente no se atreva a negarse, o parece que piensa que no tiene más remedio que hacerlo. A las personalidades sumisas les falta generalmente confianza en sí mismas y les corroe un sentimiento de inferioridad respecto a los que les rodean. Este es el caso de Ana, que no deja de envidiar y de hacerle cumplidos a Kate por su belleza, su carisma y su inteligencia.

Por lo demás, Ana se muestra incapaz de tomar una mínima decisión, incluso en las cuestiones más baladíes. Por ejemplo, en el restaurante, cuando Grey decide el menú en su lugar, ella se siente aliviada por no tener que pedir.

Consecuentemente, se presenta a Ana como un personaje al que, de una forma cruel, le falta confianza en sí misma, hasta tal punto que tiene que rodearse de personalidades dominantes dispuestas a tomar todas las decisión en su lugar, para así evitar que sea ella misma quien guíe su vida. Irresponsable y moldeable a voluntad, no es nada sorprendente que se vea atrapada por el juego de la dominación de Grey. Christian la posee todavía más porque es inexperta, algo que él no deja de recordarle: «Agradezco su inexperiencia. La valoro [...]. En pocas palabras: significa que es mía en todos los sentidos.» (James 2012, cap. 17).

Esto refuerza el arquetipo de la mujer-objeto que, desprovista de su virginidad, se convierte en la adquisición del hombre y, por tanto, debe estar disponible en todo momento para satisfacer sus deseos. Ana es consciente de esto, puesto que a veces manifiesta su impresión de ser tan solo una transacción financiera. Se compara incluso a una empresa asociando su relación a «las fusiones y adquisiciones» (James 2012, cap. 14). Además, si a Christian le gusta tanto maltratarla, es para imprimir en su cuerpo las marcas de su propietario: «Me gusta que te duela. [...] Te recordará que he estado ahí, solo yo.» (James 2012, cap. 21). Aunque Anastasia se haya sentido, algunas veces, invadida por débiles revueltas contra la manera que tiene Grey de maltratarla, al final termina gustándole y estos juegos parecen convenirle, ya que su vacío original facilitó en gran medida desposeerla de su ser. La amplitud de su sumisión a Grey se vislumbra en la novela en varias ocasiones:

- no deja de decirle «por favor» (para pedirle permiso para ir al servicio o irse del lugar, para que no la golpee, etc.);
- satisface sin rechistar todas sus peticiones;
- se siente como una prostituta y, de hecho, esta idea está

reforzada por innumerables regalos lujosos que Christian le hace y que son parecidos a los que un cliente le regalaría a su chica de compañía (restaurante y hotel lujosos, vestido de noche y ropa interior);

- reconoce, al final del tomo 1, que prefiere que Christian la golpee de forma salvaje antes que perderlo.

LA DINÁMICA DEL PRÍNCIPE AZUL

Embriagada de novelas sentimentales y bañada en cuentos de hadas, Ana ha desarrollado unos ideales amorosos inalcanzables. Pero es consciente de ello: «A veces me pregunto si me pasa algo. Quizá he dedicado demasiado tiempo a mis románticos héroes literarios, y por eso mis ideales y mis expectativas son excesivamente elevados. Pero en la vida real nadie me ha hecho sentir así.» (James 2012, cap. 2). Por eso la heroína solo quiere renunciar a su virginidad por un ideal. Así, comprometerse a vivir en pareja tan solo es posible cuando conoce a Christian Grey, prototipo del príncipe azul.

Es un personaje irrealista que suscita simplemente la fantasía: es tan bello que ninguna mujer se dirige a él sin tartamudear y enrojecerse. En resumen, es totalmente irresistible. Y también es extremadamente rico: Grey es un hombre ambicioso que ha hecho todo lo posible para triunfar, y lo ha conseguido. Su inteligencia en gestión y dirección es incontestable. Además, tiene un gran corazón, puesto que su empresa intenta reducir el hambre en el mundo. Por lo tanto, Christian encarna el hombre ideal para una mujer común: guapo, rico y generoso. En cuanto a sus tormentos personales, vienen a añadirse a su perfección, ya que le confieren un lado de chico malo muy a la moda; también despiertan las ganas de tratar maternalmente al hombre herido que la mujer estereotipada tiene la intención de curar y de cambiar.

Por otro lado, la temática del cuento de hadas aparece a lo largo de toda la historia: al final de la novela Anastasia y Christian viven felices y enamorados en una inmensa mansión situada en un marco idílico, rodeados de sus amigos y de su familia. Son los orgullosos padres de dos niños, un niño y una niña. Su vida profesional también es de ensueño puesto que Christian sigue siendo director ejecutivo y Anastasia se ha convertido en una directiva, gracias a él.

En resumen, la trilogía de E. L. James nos devuelve a todos los lugares comunes presentes en los cuentos de nuestra infancia aportando un toque de erotismo. Así, se puede hacer una analogía entre los protagonistas de la novela y los héroes de algunos cuentos o mitos, como por ejemplo:

- *La Bella y la Bestia*. Anastasia está cautivada por el monstruo perverso que es Christian Grey. Al principio, ella se le resiste levemente, pero termina sucumbiendo totalmente a sus encantos. Cuando ya está enamorada, Ana se da cuenta de que Christian, más allá de su monstruosidad perversa, es un príncipe sensible y generoso, al igual que Bella sucumbió a los encantos y a los regalos de la Bestia, y aceptando finalmente su petición de matrimonio. En ese momento el monstruo se ha transformado en príncipe;
- *Cenicienta*. Cenicienta se deja maltratar por su madrastra y sus hermanastras sin rebelarse nunca y se contenta

con esperar que un acontecimiento externo la saque de su miseria. Con ese objetivo, se ve ayudado por un hecho fortuito: el rey organiza un baile para buscar una esposa para su hijo. Su hada madrina utiliza sus poderes mágicos para crearle un vestido magnífico y una carroza para que pueda asistir. Así, Cenicienta es una joven que espera que su vida se transforme con un quídam. Anastasia es fácilmente reconocible en este retrato, ella que solo se rodea de gente capaz de decirle qué hacer y que busca un príncipe para calmar su insignificancia.

- *Grisélidis.* Rico, guapo y poderoso, un príncipe encuentra en la pastora Grisélidis a su mujer ideal, «sin orgullo y sin vanidad, de una perfecta obediencia, de una paciencia probada y que no tenga voluntad». Este personaje también nos recuerda al príncipe Christian, quien le ha echado el ojo a la inocente Anastasia.

La novela también recuerda a un episodio bíblico, el de Adán y Eva. Efectivamente, Eva fue creada por Dios a partir de una costilla de Adán; después comió el fruto prohibido y dio un trozo a Adán. Entonces la cólera de Dios la condenó a ser ávida de su hombre y a serle sumisa; «Sentirás atracción por tu marido, y él te dominará» (Génesis, 3, 16).

UNA OBRA AMPLIAMENTE CRITICADA

Numerosas críticas surgieron en contra del *best seller*. Principalmente conciernen:

- las escenas de sexo totalmente irrealistas. Anastasia Steele es una joven de 21 años, virgen, ingenua e inocente.

Durante su primera relación sexual con Christian Grey, llega al orgasmo con una facilidad desconcertante, algo que para una joven inexperta –que ni siquiera se ha lanzado a la búsqueda de su propio placer– parece bastante imposible. Lo mismo ocurre con las escenas sexuales siguientes: sistemáticamente, Anastasia alcanza un orgasmo de un intensidad rara en menos de un minuto y a menudo tras una simple petición de su amante. Además, ambos alcanzan el orgasmo simultáneamente en muchas ocasiones. Claro está que estas descripciones son fantasía, pero el abuso del surrealismo hace que las escenas sean poco creíbles. Algunos han asociado la trilogía a un manual de educación sexual moderno; sin embargo, en la realidad, nada o casi nada ocurre así y afirmarlo puede acomplejar a muchas lectoras;

- la escritura simple. El estilo y el vocabulario utilizados son simples, incluso pobres. Las repeticiones son numerosas y la autora recurre a menudo a fórmulas familiares. Es decir, no hay ninguna búsqueda de una escritura más trabajada, más literaria;
- los numerosos clichés. La historia es la de la princesa y el príncipe azul, lo que da a las novelas un aire de cuentos de hada modernos. Anastasia, una joven tímida, torpe e inocente conoce a Christian Grey, un hombre rico, poderoso, guapo e inteligente. Él la libera de su torre y de su virginidad y, después de muchas peripecias, se casan y viven felices, y tienen hijos. La autora expone así un arquetipo de la mujer y el hombre empleado frecuentemente. Sin embargo, aparecen algunos elementos para colorear estos clichés: a Anastasia le gustan los azotes en las nalgas, cierto, pero el erotismo del libro es bastante casto

y reservado (por ejemplo, nunca se nombran las partes íntimas de la joven). Por otra parte, la autora intenta hacernos creer que en realidad Anastasia es la fuerte de carácter, mientas que Christian es frágil debido a los traumas de su infancia. Solo que es ella le obedece sin rechistar, aunque a veces emita veleidades de revuelta. Añadamos que la autora introduce en la historia de amor algunas intrigas policíacas, muy en boga en las novelas populares: Jack Hyde quiere vengarse de Christian mientras que sus sumisas, embriagadas de celos, la toman con Ana. Lo único es que el lector adivina bastante rápido el desenlace de estas intrigas, incluso si todo está planteado para mantener el suspense y retrasar el epílogo.

EL *MUMMY PORN* Y LAS RAZONES DEL ÉXITO

Así pues, ¿cómo explicar la razón del éxito de la trilogía? Para encontrar pistas a las respuestas hay que buscar en el *mummy porn* y la novela sentimental, ámbito por excelencia de las ediciones Harlequin (editorial canadiense fundada en 1949).

La trilogía de E. L. James, que ha sido un verdadero fenómeno en Estados Unidos, hizo surgir un nuevo género, el *mummy porn*. Se refiere a una novela erótica que une el romance sentimental con escenas de carácter sexual, incluso sadomasoquista. En resumen, es una alianza entre las novelas rosas y la literatura erótica.

Varias causas pueden explicar el éxito del género:

• en Estados Unidos la educación sexual es rígida. Prueba

de ello es la retirada de las novelas, juzgadas pornográficas, de las bibliotecas de Wisconsin, Georgia y Florida. Sin embargo, las escena sexuales descritas contienen muy pocas palabras groseras. Este puritanismo conlleva el pudor de las mujeres estadounidenses, a menudo muy conservadoras en este ámbito. Por tanto, la obra de E. L. James les ha permitido tener acceso a otra visión del sexo y a la descripción de prácticas que podrían innovar o inspirar su propia sexualidad. Por eso la novela despertó la curiosidad sexual de las estadounidenses, algo que es menos cierto en Europa, donde la literatura erótica está democratizada desde hace mucho tiempo;

- el formato electrónico del *best seller* ha permitido que se compre discretamente, puesto que se puede descargar en casa sin tener que enfrentarse a la graciosa mirada de las cajeras. Lo mismo ocurre con su lectura: leerlo en el transporte público no provoca incomodidad. De esta forma, el libro electrónico ha contribuido de forma importante a su gran distribución.
- la literatura erótica podría tener un efecto real sobre el deseo sexual femenino. De hecho, permitiría que la mujer se reserve un espacio temporal para centrarse en el sexo y en su placer. Además, la abundancia de detalles omitidos en el romance erótico invita a coescribir el argumento y estimula la imaginación;
- el *mummy porn* también podría manifestar un avance adicional en la revolución sexual de las mujeres al reconocer sus impulsos, que ya no se expresarían únicamente en forma de una sexualidad convencional, sino también como fantasías hasta entonces reservadas a los hombres.

Sin embargo, la autora no está de acuerdo con el término *mummy porn* que han elegido los periodistas. Esta expresión le parece de mal gusto, misógina y peyorativa hacia las madres, las cuales se supone que no saben nada de sexo. Además, según ella, sus libros contienen ante todo una historia de amor. Por tanto, no quiere que se los asocie con la pornografía.

Por consiguiente, si *Cincuenta sombras de Grey*, *Cincuenta sombras más oscuras* y *Cincuenta sombras liberadas* son novelas sentimentales, las claves de su éxito son las mismas que las de las novelas rosa:

- la trilogía permite que la lectora, cuya vida amorosa es frecuentemente imperfecta, se identifique con la heroína, que vive un romance ideal. Esto la ayuda a seguir creyéndoselo y a fantasear. La novela sentimental es efectivamente una salida que vende sueños: se muestra optimista en asuntos del amor;
- los finales felices ofrecen a la lectora la posibilidad de evadirse de su difícil día a día y de evacuar sus tensiones. Los estereotipos desempeñan el mismo papel: aseguran y claman las frustraciones. Así, la lectura de estas novelas es un momento de pura relajación;
- la reiteración de un esquema acordado provoca la adicción de las lectoras femeninas (los protagonistas se conocen y se enamoran aunque sean diferentes el uno del otro, por razones sociales o de personalidad; este antagonismo les ha hecho encontrarse frente a muchas dificultades y múltiples obstáculos, pero su amor siempre triunfa).

Por otro lado, la preparación publicitaria bien pensada también es la causa de este éxito rotundo. Y es que las portadas de la trilogía (una corbata, una máscara y unas esposas) hacen pensar que los libros rebosan de un erotismo apasionado. Al igual que las contraportadas –con frases como «passionate love affair» («historia de amor apasionado»), «liberating» («liberador») o también «This is a novel that will obsess you, possess you» («Esta novela te obsesionará, te poseerá»)– dan a suponer una intriga amorosa tórrida que dejan pensativo a cualquiera. Sin embargo, hay que esperar a la página 111 del primer tomo para la primera escena de sexo. Pero *Cincuenta sombras de Grey* crea la ilusión para atraer a los lectores ávidos de este tipo de literatura.

En definitiva, el efecto *best seller* tiene tanta importancia en la explosión de las ventas como que la trilogía esté inspirada en la saga *Crepúsculo* de Stephenie Meyer. Además, la publicación de la obra vino acompañada inmediatamente de una banda original, que es una recopilación de las piezas de música clásica preferidas de Christian. La novelista también trabajó con un fabricante de juguetes sexuales con vistas a comercializar accesorios eróticos similares a los que aparecían en sus libros. Y el proyecto de su adaptación cinematográfica ya ha dado sus frutos. Por lo tanto, la máquina comercial desplegada en torno a la trilogía confirma su éxito.

PISTAS PARA LA REFLEXIÓN

ALGUNAS PREGUNTAS PARA PROFUNDIZAR EN SU REFLEXIÓN...

- ¿Cuál es el campo léxico que predomina en la trilogía? ¿Qué se puede decir del vocabulario? ¿De qué tipo de lenguaje se trata?
- ¿Qué relación se puede establecer entre el género al que pertenece *Cincuenta sombras de Grey* y el vocabulario que utiliza la autora?
- Señale todos los estereotipos presentes en la novela y explique su aliciente para el lector.
- ¿Qué imágenes del hombre y de la mujer presentan las novelas?
- ¿Cuáles son los puntos en común entre los libros de E. L. James y las novelas de las ediciones Harlequin?
- ¿Qué tienen en común la trilogía y los cuentos de hadas?
- ¿Qué le parece la apelación de *mummy porn* que ha utilizado la prensa?
- La trilogía de E. L. James encarna el sueño americano. ¿Por qué?
- ¿Cómo explica usted su éxito?

PARA IR MÁS ALLÁ

EDICIONES DE REFERENCIA

- James, E. L. 2012. *Cincuenta sombras de Grey.* Traducido por Pilar de la Peña Minguell y Helena Trías Bello. Barcelona: Grijalbo.
- James, E. L. 2012. *Cincuenta sombras más oscuras.* Traducido por Montse Roca. Barcelona: Grijalbo.
- James, E. L. 2013. *Cincuenta sombras liberadas.* Traducido por Mª del Puerto Barruetabeña. Barcelona: Grijalbo.

ESTUDIO DE REFERENCIA

- Houel, Annick. 1997. *Le Roman d'amour et sa lectrice.* París: L'Harmattan, colección *Bibliothèque du féminisme.*